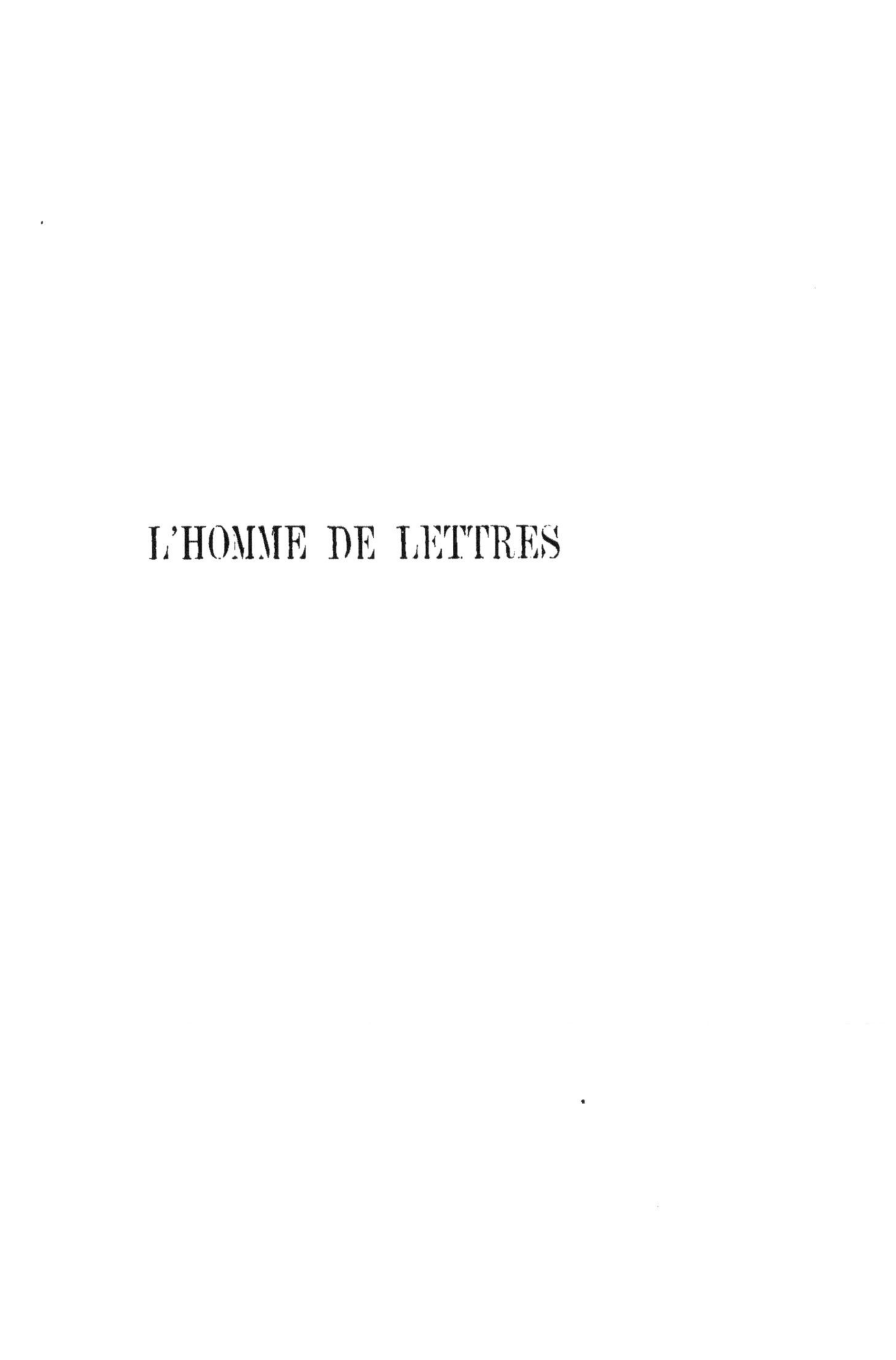

L'HOMME DE LETTRES

PARIS. — IMPRIMERIE DE Mme Ve DONDEY-DUPRÉ,

Rue Saint-Louis, 46, au Marais.

L'HOMME

DE LETTRES

DÉDIÉ

À LA SOCIÉTÉ DES GENS DE LETTRES

PAR

ALEXANDRE WEILL

Der Dichter ist Richter.

———

PARIS

CHEZ DENTU, LIBRAIRE, PALAIS-ROYAL

GALERIE D'ORLÉANS

—

1855

DÉDICACE

—

Chers Amis et Collègues,

Je vous dédie cet écrit. Quand vous m'aurez fait l'honneur de le lire, vous apprécierez vous-mêmes les raisons qui m'ont empêché de le soumettre à votre concours.

ALEXANDRE WEILL.

L'HOMME

DE LETTRES

————

I

Quand Jésus a dit à ses disciples : « Vous êtes le sel de la terre, allez, enseignez l'univers, » il a créé des hommes de lettres.

L'homme de lettres, dans le sens idéal du mot, a toujours existé.

C'est l'homme de la logique, c'est l'homme de Dieu.

Moïse était un homme de lettres.

Il est malheureux que le mot LETTRE représente la matière de l'esprit, car l'esprit ne peut se traduire que par des lettres. En désignant Dieu par le mot Jéhovah, on est forcé de mettre des lettres à la place d'une abstraction. Quand l'homme de génie pense, il est esprit ; dès qu'il parle, dès qu'il écrit, il est homme de lettres.

Et comme tout, dans ce monde, à côté de l'usage, a son abus, l'homme de lettres devient souvent l'homme de la lettre, en opposition de l'esprit.

Presque toutes les luttes de l'humanité sont engagées entre l'homme de la lettre, le scribe, et l'homme de lettres, l'esprit inspiré de Dieu.

II

Chez tous les peuples, des intelligences divines ont créé des lettres dans le but de maintenir l'idéal de l'esprit au-dessus du matérialisme et des besoins grossiers de la vie journalière.

Les hommes de lettres étaient partout des hommes initiés aux lois éternelles de la logique divine, et destinés à enseigner ces lois idéales au peuple courbé sous le joug des travaux matériels.

A mesure que les lettres se répandent, c'est-à-dire à mesure que l'humanité grandit, l'homme de lettres propage l'idéal par des chants religieux et des poésies nationales.

A ses côtés, marche, la tête haute et les reins couverts d'un cilice, le prophète, c'est-à-dire l'homme qui voit loin, l'homme-logique, qui, connaissant les lois de Dieu, soit par inspiration, soit par l'étude, prédit l'avenir.

David et Salomon sont des hommes de lettres.

David ne doit l'huile sainte sur son front qu'à sa harpe, qu'à ses chants divins.

Il traduit Moïse et ses lois en vers rhythmés.

Il chante Jéhovah en psaumes.

Il stigmatise la félonie, la mauvaise foi, la raillerie, la méchanceté, l'égoïsme, l'idolâtrie, le matérialisme.

Il maudit les impies, confond les athées et flagelle les princes prévaricateurs. C'est un grand roi, mais un plus grand homme de lettres. Le roi a disparu, l'homme de lettres est resté.

Salomon est moins grand que son père. Il doute déjà de Dieu et de l'homme de lettres, son missionnaire.

Il imite en outre les païens et chante un cantique d'amour matériel en l'honneur d'une princesse idolâtre.

Mais il rachète tout cela par ses *Proverbes*, suc de sagesse et de logique divines.

Vient Isaïe, le plus grand homme de lettres de l'antiquité après Moïse, le plus hardi critique de la lettre en faveur de l'esprit, le plus grand poëte social de l'humanité, le plus grand styliste de l'univers (1).

(1) Écoutez comme il débute :

« Prince de Sodome, écoutez la parole de Jéhovah.

» Peuple d'Amora, prêtez l'oreille à la doctrine de Dieu.

» Que me fait à moi la quantité de vos sacrifices?

» Je suis rassasié d'holocaustes de béliers, de graisse de veaux.

» Le sang des taureaux, des brebis, des boucs, — je n'en veux
» point.

» Quand vous venez pour contempler ma face, — qui vous de-
» mande cela, à vous qui souillez mes parvis?

» Ne m'apportez plus d'offrandes trompeuses.

» Votre encens m'est une horreur.

» Vos fêtes de mois, vos sabaths, vos réunions, — autant d'ini-
» quités !

» Mon âme les hait, — ils me sont à charge, — je suis las de
» les supporter.

» Et quand vous étendez vos mains, je détourne mes yeux.

» Vous avez beau multiplier les prières, je ne puis vous écouter;
» vos mains sont pleines de sang.

» Lavez-vous! purifiez-vous; ôtez de devant mes yeux vos mau-
» vaises actions; cessez de faire le mal.

Les autres Prophètes marchent dans cette voie
sacrée, mais faiblissent plusieurs fois. Tous, ils
sont des hommes de lettres selon l'esprit de
Dieu !

» **Apprenez** le bien, recherchez la justice, relevez l'opprimé,
» faites droit à l'orphelin, plaidez pour la veuve.

» Voyons alors, dit Jéhovah.

» Quand vos péchés seraient comme l'écarlate, ils blanchiron
» comme la neige. De rouges comme pourpre qu'ils étaient, ils
» deviendront blancs comme la laine!

» Ah! si vous vouliez écouter, vous mangeriez la moelle du
» pays!

» Que si vous n'écoutez pas, c'est le glaive qui vous dévorera;
» car c'est Dieu qui l'a dit!

» Ah! comme la cité fidèle est devenue une prostituée!

» Elle était pleine de droit, elle hébergeait la justice, et mainte-
» nant rien que des assassins!

» Ton argent est devenu scorie, ton vin est falsifié avec de
» l'eau.

» Tes princes sont des rebelles, des affidés de voleurs.

» Tous, ils aiment la corruption; tous, ils poursuivent le lucre.

» Ils se moquent du droit de l'orphelin, jamais cause de veuve
» ne les touche.

» Ah! dit le seigneur Jéhovah Zéboath, le fort d'Israël :

» Malheur! J'aurai justice de mes adversaires; je me vengerai
» de mes ennemis. Ma main se tournera contre toi.

» J'affinerai tes scories, j'enlèverai ton plomb. Je rétablirai tes
» juges comme jadis, et tes conseillers comme auparavant.

» On t'appellera encore ville de justice, cité fidèle!

» Oui, Sion sera racheté par la justice, et ses captifs seront dé-
» livrés par la vertu.

Pendant le second temple, après Daniel et Esdras, les héros d'Israël sont presque tous des hommes de lettres; mais avec la décadence de la

» Les pécheurs et les impies seront brisés. Les oublieurs de
» Dieu, tous ils seront dévorés !

» Vous aurez honte de vos bocages tant convoités; vous vous
» cacherez de posséder les jardins que vous avez choisis.

» Car vous serez comme un chêne à feuillage fané, comme un
» jardin sans eau.

» *Le puissant sera de l'étoupe.*

» *Son œuvre, une étincelle,*

» *Tous deux s'enflammeront.*

» *Et personne qui éteint ! »*

Puis : « De Sion sortira la doctrine universelle, et la parole de
» Dieu de Jérusalem.

» Il jugera entre les nations, il sera l'arbitre des peup'es. Ceux-ci
» feront de leurs glaives des houes, et de leurs lances des serpes.
» Aucune nation ne fera plus la guerre à l'autre. On n'apprendra
» même plus à faire la guerre. »

Puis encore : « Un rejeton sortira du tronc de Jésus, une pousse
» fleurira de ses racines.

» L'esprit de Dieu reposera sur lui : esprit de sagesse et de
» raison, esprit de bon sens et de force, esprit de connaissance et
» de crainte de Dieu.

» Il respirera la crainte de Dieu. Il ne jugera pas d'après ce que
» ses yeux voient, et ne décidera pas d'après ce qu'entendent ses
» oreilles.

» Il jugera les pauvres selon la justice, et selon la droiture les
» humiliés de la terre. Il frappera le pays avec le sceptre de sa
» bouche; avec le souffle de ses lèvres, il tuera le méchant.

» Le droit lui servira de ceinture pour ses hanches, et la foi
» couvrira ses reins.

justice, du droit et de l'idéal, cette race disparaît, et à leur place, viennent les scribes et les pharisiens chassés par Jésus-Christ.

III

Qu'un homme, au milieu d'une nuit sombre, essaye de produire une étincelle de lumière, il

» Alors le loup s'hébergera avec la brebis, la panthère s'étendra
» à côté du chevreau, le lionceau et le veau ensemble : un petit
» garçon les conduira.

» La vache et l'ourse paîtront ensemble; elles étendront leurs
» petits à côté l'un de l'autre; le lion mangera de la paille comme
» le bœuf.

» Le nourrisson jouera sur l'antre de l'aspic, et l'enfant sevré
» couvrira de sa main la tanière du basilic.

» Ils ne lèsent ni ne détruisent rien sur toute la montagne de
» ma sainteté; car tout le pays sera plein de la connaissance de
» Dieu comme l'océan est plein d'eau.

» En ce jour, vers le rejeton de Jésus, debout comme une ban-
» nière pour les peuples, se tourneront toutes les nations. L'hon-
» neur sera son repos. »

apparaît dans un cercle plus radieux que l'homme qui, éclairé par le soleil, glorifie le jour.

C'est pourquoi, de prime abord, l'homme de lettres païen paraît plus grand que le poëte sacré de la Judée, ou le voyant qui prédit l'avenir.

L'homme de lettres païen, vivant au milieu des ténèbres de la matière, arrache l'esprit à la lettre, comme Prométhée le feu au ciel, et, de cet esprit, il fait étinceler des parcelles de vérité divine, des paillettes d'or céleste. Cela dure quelques moments.

Puis l'homme de lettres disparu, les ténèbres du matérialisme recouvrent de nouveau le monde païen.

De là vient que les hommes de lettres du paganisme, si grands qu'ils fussent, n'ont point eu d'influence permanente sur les peuples, tandis que les Juifs ont changé la face du monde et ont répandu leur jour sur toute l'humanité.

Il n'est point d'idéal, si hardi qu'on le rêve, qui ne soit indiqué dans Moïse, et répété, complété par l'Évangile.

C'est Moïse qui a dit : « Tu aimeras ton prochain comme toi-même. Tu aimeras l'étranger comme toi-même. Tu ne te vengeras pas, tu ne haïras pas, tu ne garderas pas rancune. Tu rendras justice au pauvre sans préjudice du riche ; tu laisseras un coin de ton champ au pauvre ; tu ne garderas en gage ni l'habit, ni le lit du pauvre ; tu payeras le salaire de l'ouvrier le jour même de son travail ; tu ne prêteras pas à usure à ton frère ; tu rendras justice à la veuve et à l'orphelin ; tu n'auras pas de faux poids ni de fausse mesure. »

C'est lui qui détache le lévite, l'homme de lettres de toute propriété.

C'est lui qui ordonne l'égalité complète devant la loi.

C'est lui qui condamne tout privilége de noblesse.

C'est lui qui abolit l'esclavage des Juifs et qui force l'homme d'affranchir une esclave qui devient sa concubine.

C'est lui qui dit : « C'est pourquoi l'homme

quitte père et mère et s'attache à *sa* femme, et ils deviennent *une* chair. »

Que sont à côté de ces lois les écrits de Platon et d'Aristote, les apophthegmes de Zoroastre et de Zénon, et même les vérités de Socrate ?

Des limailles de vérité !

Des scories humanitaires !

Où est-il un chant plus poétique et plus sublime que le chant de cygne de Moïse ?

Et que sont les poésies de Tyrtée vis-à-vis du chant de guerre et de victoire de Moïse après la défaite des Égyptiens ?

Certes, Homère a des notions de vertu et de justice ; mais ses dieux sont toujours injustes. Jupiter-Zeus fait pencher la balance de la victoire selon son caprice et selon les faveurs qu'il vient d'obtenir d'une déesse prostituée.

C'est un dieu modelé sur un roi humain.

Achille préfère l'existence d'un porcher vivant à la gloire de l'autre monde.

Et pourtant le seul idéal céleste qui nous

reste des païens se concentre dans leurs hommes de lettres.

Leurs sculpteurs et leurs peintres, à part un ou deux, reproduisent le côté idolâtre et la sensualité matérielle.

C'est pourquoi Moïse a banni la sculpture et la peinture; mais il glorifie la musique, l'art idéal par excellence.

Bientôt, les lettres païennes elles-mêmes tombent dans le matérialisme le plus brutal. Eschyle et Sophocle chantaient encore des vertus idéales. Leurs successeurs ne chantent plus que des passions matérielles. En vain quelques esprits d'élite protestent-ils. Horace lui-même, si élevé par ses maximes, souille son génie par des peintures lascives. Virgile de même. Cicéron seul s'élève vers des vérités divines, que les Juifs connaissent depuis des siècles. Platon avait déjà découvert ce filon d'or qui reluit au milieu des ténèbres. Plutarque, plus près de la Bible que tous ses devanciers, avait écrit son chapitre sur la justice de Dieu, digne d'Isaïe. Sénèque a des lueurs de vertu tout en élevant Néron. Vains efforts. Tacite lui-même, malgré les stigmates brûlants qu'il jette à la face de son siècle, ne peut rien contre le matérialisme, ce flot de boue qui descend de la théogonie sur le peuple et l'étouffe. Plusieurs empereurs philosophes et hommes de lettres ne peuvent spiritualiser cette matière brutale, et, raillerie du destin ou doigt de Dieu, leurs successeurs sont justement les plus grands scélérats connus de l'humanité !

Il fallait que ces dieux tombassent et que ces peuples disparussent.

Jésus vint et proclama, épura, compléta l'idéal de Moïse.

Et ces fiers empereurs romains, ces vainqueurs de la Judée, ces contempteurs du peuple sacré, courbèrent la tête devant un Juif, devant un homme de lettres.

Devant saint Paul ! !

IV

De ce qui précède, il résulte que les lettres, loin d'être un état, sont une mission d'en haut. On naît, on ne devient point homme de lettres.

Certes, la société dans laquelle vit l'homme destiné aux lettres, exerce une grande influence sur l'élégance ou sur la crudité de son expression ; elle peut ennoblir, mais elle ne peut pas arrêter le talent que Dieu a imprimé dans l'âme de son missionnaire.

L'homme de lettres lui-même n'est pas maître de son choix. Quoi qu'il fasse, il faut qu'il accomplisse sa mission jusqu'au bout.

Ce à quoi a pensé le Prophète quand il dit

« que la main de Dieu pesait sur lui ; » ce à quoi a pensé Jérémie quand il dit « que, bien que jeune et ne sachant pas parler, il avait été envoyé par Dieu pour démolir et édifier. »

De là vient que l'homme de lettres, ce forçat divin, est presque toujours le martyr de la société humaine.

Dévoré de la soif de vérité, prédisant les malheurs sociaux, suites logiques des vices glorifiés et des vertus humiliées, il trouble le repos des puissants et des heureux de la terre, et ne s'arrête ni ne recule devant aucun obstacle. On le brise ! Qu'importe que le vase fragile tombe en morceaux, quand la liqueur rafraîchissante s'est répandue sur la société desséchée ! Il n'a été créé que pour donner la mesure de sa force spirituelle. Si petite que soit la vérité qu'il représente, il faut que par son organe cette vérité se fasse jour. Cela fait, il n'a plus de raison d'être, et la dépouille qu'il a revêtue pour paraître en homme peut être déchirée et mise en lambeaux. Sa mission est accomplie !

Il a vécu, il vivra !

Et quiconque n'a pas son mot à dire, n'est point un homme de lettres, mais un scribe ou bien un *littérâtre !*

V

Étant l'élu de Dieu *malgré lui*, — car non-seulement il s'expose à être dévoré de peine et de misère, mais encore s'il employait la moitié de son esprit au commerce et à la spéculation, il acquerrait des honneurs, des richesses et des dignités, — l'homme de lettres a toujours été isolé et ne se laisse enchaîner par aucun corps spirituel (1).

Toutes les tentatives faites par les plus grands

(1) Rivarol dit à ce sujet : « Les moutons s'attroupent, les lions s'isolent. »

hommes dans le but de créer un corps d'hommes de lettres ont échoué dans tous les temps et chez tous les peuples.

Les Égyptiens ont cru pouvoir maintenir les lettres par une caste d'hommes lettrés. Moïse, qui y a été élevé, les a combattus et les a vaincus.

Moïse, à son tour, a voulu créer un corps de lévites ; des prophètes issus des derniers rangs du peuple leur ont dit de dures vérités, et ont anathématisé et leurs formules surannées, et leur fanatisme de la lettre.

Jésus a été disciple des pharisiens, et les a chassés du temple.

Plus tard, le pape a cru pouvoir retenir les lettres dans le corps du clergé. Des prêtres sortis de ce corps y ont fait de larges brèches.

C'est que toute secte, tout corps, toute réunion d'hommes se lie par des règlements et des statuts, soit écrits, soit transmis de vive voix, qui forcément sont humains, et qui à la longue détruisent, par la rouille de la lettre, l'esprit divin qui a présidé à l'origine du corps.

C'est que tout ce qui est humain vieillit et change de forme. Les formules des corps spirituels vieillissent, et si vrai qu'en soit l'esprit, cet esprit a toujours besoin d'être renouvelé et de s'adapter aux générations nouvelles.

Dieu n'a pas créé l'homme d'il y a mille et deux mille ans pour rendre l'homme d'aujourd'hui inutile. Ce serait un blasphème! et l'homme d'aujourd'hui aurait le droit de se demander pourquoi il est né. Si la vérité d'il y a vingt siècles ne renferme pas de nouveaux progrès, alors pourquoi Dieu a-t-il créé l'homme du siècle avec la même soif de créer, avec la même avidité de savoir, avec la même curiosité de pénétrer Dieu et ses merveilles, et sa grandeur et sa splendeur !

Si la vérité n'était pas susceptible de rénovation, du moins dans la forme, alors il ne resterait plus à l'homme venu après la promulgation de cette vérité, pour être parfaitement heureux, que d'être né idiot.

Et Dieu qui lui donne la même intelligence,

la même raison, le même esprit qu'aux hommes
qui ont cru pouvoir arrêter par des formules
cette intelligence, cette raison et cet esprit, ne
serait plus qu'un créateur machinal, produisant
toujours la même chose sans but ni portée.

Cela n'est pas !

Et ceux qui croient pouvoir fixer les esprits
par des formules et des lettres sont ou des niais,
ou des sots, ou des tyrans blasphémateurs de la
toute-puissance et de la toute sagesse divines.

Vains sont leurs efforts !

Dieu et l'humanité auront toujours leurs prophètes et leurs apôtres, c'est-à-dire leurs hommes de lettres.

Quelle que soit la vérité divine, cette vérité a
toujours besoin de se revêtir d'une forme nouvelle, d'un style nouveau, d'une lettre nouvelle.

Nulle puissance terrestre n'est assez forte pour
retenir les vieilles vérités dans leurs vieux cadres.

Il viendra toujours des hommes qui briseront
la forme fruste et usée, et qui, se servant des

vérités connues comme d'un levier, s'élanceront dans l'infini pour en découvrir de nouvelles conséquences.

Le jour où un corps spirituel pourrait arrêter une vérité divine sous une formule quelconque, l'humanité aurait cessé d'exister, car elle n'aurait plus de raison d'être (1) !

VI

Il est hors de doute que les Pères de l'Église représentaient longtemps les lettres et l'humanité

(1) On a beau railler le gallicanisme, c'était une rénovation de la formule catholique qui, longtemps, a maintenu le catholicisme en France, pendant que l'Allemagne et l'Angleterre, sous prétexte de papisme, ont intronisé le protestantisme Le gallicanisme, par son seul principe d'indépendance, aurait pu renouveler le catholicisme et en adapter la forme à nos idées de progrès et de liberté. En religion comme en politique, quiconque rejette les réformes sera dévoré par les révolutions.

au commencement de l'établissement du christianisme. Ce sont eux qui remplaçaient et les
prophètes, et les apôtres, et les philosophes. Plus
tard les évêques marchaient dans la voie divine,
et portaient le flambeau de la justice.

Mais dans ce temps, la prêtrise, loin d'être un
état, était une vocation. On ne vouait pas la jeunesse à l'état ecclésiastique pour y trouver un
abri et un morceau de pain. Le prêtre de ce
temps était à la fois un élu de Dieu et un élu
du peuple. C'est lui qui représente Dieu et la
justice, qui, suivant la vocation divine, dicte sa
loi aux puissants de la terre ; c'est lui, enfin, qui
est l'homme de lettres de l'époque, et qui très-
souvent en est le martyr.

Mais bientôt la vocation cède le pas à l'esprit
du corps, au métier. Le prêtre n'est plus l'élu du
peuple, mais le représentant d'un pouvoir constitué qui le choisit, le nomme, souvent dans un
but de prépondérance politique et de fanatisme
religieux.

Dès lors, l'homme de lettres surgissant du

peuple, lui fait la guerre et remporte la victoire.

Aussi longtemps que l'esprit de liberté et de
justice anime les porteurs de la parole divine, le
catholicisme envahit province sur province, et
chasse devant lui l'idolàtrie, comme le jour
chasse les ténèbres.

Mais du moment que l'esprit de la foi devient
lettre et déclare hérétique, traître et ennemi quiconque ne croit pas à cette *formule*, le mouvement
s'arrête, et l'esprit réagissant contre la lettre, la
brise et élargit le cercle au nom de Dieu et de
l'humanité.

Il en sera toujours ainsi!

« Rien de plus puéril que d'entendre des catholiques se plaindre de l'hérésie de Savonarole,
de Huss, de Luther et de Calvin (1).

» Les Juifs aussi gémissaient d'avoir élevé dans
leur sein saint Pierre et saint Paul.

____

(1) Ce morceau et quelques passages du chapitre précédent sont
traduits d'un auteur protestant allemand.

» Si l'esprit n'avait pas quitté la lettre des Juifs, Dieu n'aurait pas envoyé saint Paul pour le renouveler.

» Si des hommes comme Luther et Calvin ont pu, à la face de Rome, prêcher leur doctrine, c'est que Dieu l'a voulu, c'est qu'une réforme était indispensable, sinon dans l'esprit, du moins dans la lettre catholique.

» Si au lieu de damner et de brûler quiconque ne croyait pas à la formule de sa lettre, — formule arrêtée par des conciles, *que d'autres conciles pouvaient et peuvent encore modifier, changer, renouveler,* — le catholicisme avait élargi son cercle, en déclarant *catholique* tout homme croyant en Dieu et en Jésus-Christ, non-seulement il n'y eût jamais eu de schisme, mais le rêve d'Isaïe serait prêt à être réalisé. Il n'y aurait plus qu'un Dieu et qu'une foi.

» Luther était un homme de lettres sorti du catholicisme. On peut le combattre avec la parole, avec la foi, avec la charité, mais on ne peut pas le damner !

3.

» Si Dieu permet l'hérésie, de quel droit les hommes la condamnent-ils? Est-ce que cela les regarde? L'hérésie n'est-elle pas une révolte contre Dieu! Où est le plein pouvoir que Dieu donne aux uns plutôt qu'aux autres, afin que les hommes l'adorent d'une manière plutôt que d une autre?

» Et pourvu que l'homme reconnaisse les lois morales et sociales qui résultent de la vérité divine, nul pouvoir ne peut le condamner, sans encourir lui-même la peine qu'il veut infliger à son adversaire, sous prétexte qu'il est l'adversaire de Dieu. Pour prouver la supériorité d'une religion, on n'a qu'à être meilleur, plus charitable, plus humain et plus chrétien.

» On doit respecter les dogmes catholiques : ils rendent heureux ceux qui y croient. Mais il n'est pas de pouvoir au monde qui puisse forcer un homme d'être heureux, quand l'esprit qui vient de Dieu, et de Dieu seul, s'oppose à la lettre de cette félicité.

» Cette lettre, fût-elle la vérité, a besoin d'être

renouvelée. Ce n'est pas l'homme qui le veut, c'est Dieu.

» Le protestantisme disparaîtra lorsque la lettre du catholicisme sera redevenue de l'esprit. Au commencement fut le Verbe. Il sera encore à la fin.

» Aussi longtemps que là-haut Dieu trônera, aussi longtemps il aura ici-bas ses ministres, ses porteurs de parole, ses hommes de lettres !

» Et pour reconnaître les vrais des faux (l'Écriture l'a déjà dit, et il n'y a point d'autre signe), c'est que le temps accomplit ce que les vrais seuls ont annoncé. »

C'est ce que Luther a dit à Charles-Quint :

« Pourquoi me poursuivez-vous ?

» Si ce que j'annonce est faux, cela passera.

» Si, au contraire, c'est vrai, cela existera malgré vous ! »

VII

La Renaissance a-t-elle rehaussé la dignité de l'homme de lettres?

Grande question qui n'est nullement résolue.

Il est pourtant incontestable que la Renaissance a créé des hommes de lettres païens, qui avant elle avaient complétement disparu.

A partir de cette époque, non-seulement les écrivains s'occupent de nouveau de mièvreries érotiques pour amuser les esprits matériels, mais encore ils se laissent éblouir par les fausses lueurs de libertés et de formes politiques surannées, décrépites, qui, nulle part, pas même dans l'antiquité, n'ont résisté au choc des passions matérielles. Ils ne voyaient, à Athènes et à Rome, que de grands orateurs et de grands guerriers, oubliant qu'à côté de ces grandeurs passagères le peuple croupissait dans l'esclavage et dans la barbarie. Une république païenne, c'est partout et toujours l'anarchie, le despotisme et l'esclavage.

Moïse et Robespierre ont rêvé une république théocratique. Le premier avait aboli l'esclavage d'un Israélite. En cas qu'il se vendît, il était libre dans l'année de *semitah* et dans celle du jubilé.

Mais il admettait des esclaves étrangers.

Le second n'eût pu maintenir la république qu'à l'aide de la dictature, qui lui eût donné le droit de bannir tout citoyen ne croyant pas à l'Être suprême. Ce fut là en effet la cause de la mort de Danton et de Desmoulins, deux païens. Aucune république n'est possible sans esclaves, à moins qu'elle ne soit *théocratique*, c'est-à-dire fondée sur la foi (1).

Car l'égalité complète des droits n'est possible qu'autant que chaque citoyen fait son devoir,

---

(1) C'est là la cause ésotérique des mouvements religieux en Amérique.

puisqu'il suffit que mon voisin ne fasse pas son devoir pour que je ne jouisse pas de mon droit.

Or, l'homme n'accomplit son devoir que pour l'amour de Dieu. Si la société était réduite à l'y forcer, elle ne trouverait pas, à la longue, des moyens pécuniaires suffisants pour payer assez de gendarmes.

Avant la Renaissance, l'homme de lettres était l'homme de Dieu. Même en combattant des vérités, il ne les combattait que par des principes fortement ancrés dans son âme, principes pour lesquels il allait à l'exil et à la mort.

Pour supporter l'adversité au nom d'un principe même faux, il faut croire en Dieu, et les adversaires mêmes de ces hommes de lettres ne peuvent s'empêcher d'admirer leur héroïsme et leur foi au nom de laquelle ils allaient au bûcher en disant : *Il le faut.*

Mais bientôt après la Renaissance, l'homme de lettres, au lieu d'imposer sa parole aux grands de la terre, descend jusqu'au rôle de flatteur des passions et des vices sociaux.

Dante et le Tasse cèdent bien vite le pas à Arioste. Boccace déjà fait des chefs-d'œuvre qu'aucune honnête femme ne peut lire sans danger. Les Espagnols, à part Calderon et Cervantès, poursuivent cette voie facile dans leurs innombrables pièces de théâtre, et bientôt la France pullulait de petits grands hommes chantant le cocuage sur tous les tons

Montaigne, quoique de la race sacrée, doute de tout, grâce à sa prédilection pour les lettres païennes. La Boétie lui est supérieur par la sévérité de la pensée et la portée de ses principes.

Pascal vient. C'est un homme de lettres de l'antique souche. La France entre en lice, et bientôt tous les pays sont tributaires de ses hommes de lettres, qui, seuls, règnent et gouvernent dans le royaume de Dieu.

Corneille, Racine, Molière, Shakspeare ont prouvé par leurs écrits qu'eux seuls étaient dignes d'être les grands ministres d'un grand règne. Les rois, en effet, sous lesquels ils ont vécu ont disparu, eux seuls vivent et vivront toujours.

Qu'on n'aille pas croire que ces grands génies doivent leur immortalité à leurs beaux vers sur l'amour, la jalousie et les passions politiques.

Ni le *Cid*, ni *Phèdre*, ni les comédies de Molière, ni *Roméo et Juliette* n'eussent suffi à cette gloire.

En Allemagne, Hutten, Luther et Mélanchton, dont les principes politiques avaient affranchi les paysans depuis Nancy jusqu'à Prague, étaient suivis d'une foule de littérâtres. Vint la guerre de Trente ans, pendant laquelle la liberté disparut complétement.

Mais alors les grands poëtes français ont relevé les grands principes d'humanité et de liberté essentiellement chrétiennes, et c'est à ces principes qu'ils doivent leur universalité et que la France doit l'adoption de sa langue comme langue européenne.

Qu'on le remarque bien. Tandis que la monarchie française pratiquait tous les vices du paganisme, tout en se disant catholique, les hommes de lettres de cette époque proclamaient en vers admirablement faits les principes les plus purs de la philosophie chrétienne.

Bossuet est un grand homme de lettres, mais il est exclusivement Français. Il n'a point eu d'influence ni sur l'Allemagne, ni sur l'Angleterre, ni sur le nord de l'Europe.

Fénelon n'a dû son renom européen qu'à son *Télémaque*.

Mais Corneille, mais Racine, mais Molière avaient conquis le monde quand on les discutait encore à Paris.

Croit-on que Corneille ait choisi le sujet de *Polyeucte* sans arrière-pensée de philosophie évangélique? Dans le temps de Polyeucte, il n'y avait point encore de formule catholique. Il s'agit purement et simplement de la lutte entre l'idolâtrie, la tyrannie du matérialisme et le christianisme le plus idéal.

Il n'y a pas de protestant ni de juif moderne qui ne puisse souscrire à chaque ligne de *Polyeucte*.

Même intention a présidé à *Athalie* et à *Esther*.

Certes, ni Corneille ni Racine ne sont pour la République, mais quelle différence entre leurs principes de gouvernement idéal et ceux qui se pratiquaient au-dessus et à côté d'eux.

On ne pouvait pas mieux faire la leçon à la royauté corrompue.

Ce que Corneil'e et Racine disent d'une manière indirecte, Saint-Simon l'écrit dans son cabinet en lettres de feu. Jamais Tacite n'atteignit la hauteur de Saint-Simon, quand celui-ci, au nom de la morale chrétienne, flagelle les vices et les petitesses des rois et des nobles de son époque.

Il n'existe pas dans l'univers un historien égal à Saint-Simon. Du siècle dans lequel il a **vécu**, seul, il voit tout, sait tout et juge tout en première et dernière instance.

Si Molière n'avait écrit que *Mélicerte*, *Georges Dandin* et même le *Bourgeois gentilhomme*, il n'eût été qu'un homme d'esprit.

Mais il a fait le premier acte de *Tartufe* (1).

Mais il a fait *Alceste*, ce cri de l'âme de l'homme juste et vertueux, ce livre de Job moderne.

Il n'existe dans aucune langue un chef-d'œuvre si parfait, si divin de forme et de fond que le *Misanthrope*.

Et cela suffit pour que tôt ou tard on dise : le siècle de Molière.

1)   Regardez Ariston, regardez Périandre,
Aronte, Alcidamas, Plydore, Clitandre,
Ce titre par aucun ne leur est débattu.
Ce ne sont point du tout fanfarons de vertu.
On ne voit point en eux ce faste insupportable,
Et leur dévotion est humaine et traitable,
Ils ne censurent point toutes nos actions,
Ils trouvent trop d'orgueil dans ces corrections,
Et laissant la fierté des paroles aux autres,
C'est par leurs actions qu'ils reprennent les nôtres.
L'apparence du mal a chez eux peu d'appui,
Et leur âme est portée à juger bien d'autrui.
Point de cabale en eux, point d'intrigues à suivre,
On les voit, pour tous soins, se mêler de bien vivre.
Jamais contre un pécheur ils n'ont d'acharnement ;
Ils attachent leur haine au péché seulement,
Et ne veulent point prendre avec un zèle extrême
Les intérêts du ciel plus qu'il ne veut lui-même.
Voilà mes gens. . . . .

Boileau et la Fontaine sont de la même race.

Les évêques avaient créé la monarchie française.

Ce sont les hommes de lettres qui ont créé la France.

Si Corneille, Racine, Molière et la Fontaine eussent été catholiques romains, l'Europe serait peut-être redevenue catholique malgré Luther et Calvin.

Mais ils n'étaient et ne sont encore que des philosophes *chrétiens*.

Je défie qui que ce soit de trouver dans leurs écrits un seul principe qui ne soit aussi sacré à Berlin, Saint-Pétersbourg et Londres qu'à Paris !

VIII

Rivarol dit que si la révolution avait éclaté sous Louis XIV, Cottin eût fait guillotiner Racine.

Grande vérité !

De même, on peut hardiment prétendre que si les adversaires actuels de Voltaire et de Rousseau eussent vécu sous Louis XV, ils auraient été de puissants démolisseurs.

Le rigide et vertueux De Maistre ne se serait, certes, pas tu devant les familiers corrompus de ce monarque, et M. Veuillot, avec sa puissante plume, eût donné d'estoc et de taille contre cette société pourrie qui n'avait même pas le délire, la force du vice.

C'est que les hommes de lettres ne font pas ce qu'ils veulent. Instruments divins, ils sont toujours les enfants de leur siècle. Véritables conducteurs de la société, ils se jettent vers la poupe quand la proue menace de s'engloutir. Ils courent là où le danger est le plus imminent.

On reproche à Voltaire d'avoir attaqué le christianisme. Mais où sont donc les chrétiens de son époque? Qu'on m'en cite un!

Un reproche à faire à Voltaire, c'est d'avoir attaqué, avec une ignorance et une légèreté sans pareilles, la Bible dont le Dieu était le sien; car Voltaire est monothéiste.

Qu'importe le caractère de Rousseau? Dieu ne l'a pas créé pour être bon époux, bon père et bon compagnon.

D'une main, il démolit l'édifice vermoulu de la monarchie devenue païenne, de l'autre il édifie au nom d'un Dieu juste et sévère.

Sans Voltaire et Rousseau, le dix-huitième siècle serait sans Dieu; car sans hommes de génie qui le représentent et qui témoignent de sa gloire, Dieu n'existe pas pour les hommes.

Certes, si Voltaire et Rousseau avaient vécu en 1793, ils eussent été de la réaction et seraient tombés victimes de leurs principes poussés jusqu'à l'extrême.

Dieu ne l'a pas voulu, car ces principes étaient nécessaires pour châtier une société impie et corrompue.

Il n'y a pas de danger que les erreurs théoriques d'un homme de lettres passent à l'état de vérité sociale. Ces erreurs ne surgissent que là où elles servent de dissolvant en guise de châtiment divin; mais dès qu'on veut s'en servir pour base sociale, d'autres hommes de lettres de la même force s'y opposent.

Cela se voit tous les jours.

Sentinelles de l'humanité, les hommes de lettres se relèvent de leurs différents postes. Tous sont solidaires les uns des autres. Et il eût suffi d'un commandement divin pour que Rousseau prît le poste de De Maistre, et de Bonald celui de Robespierre.

De Maistre et de Bonald ont été aussi nécessaires en 1800 que Rousseau et Voltaire cinquante ans plus tôt. Ils ont poussé leurs idées trop loin. Qu'importe! la réaction faite, les idées se redressent. Le bâton courbé ne se redresse qu'à force d'être recourbé.

Ainsi va l'humanité à travers les ondulations de l'esprit. Ces ondulations sont sa vie et font sa pureté, comme le mouvement de l'eau est la vie et la pureté de l'océan.

Quiconque croit pouvoir fixer l'esprit humain par une formule est ou un fou ou un sot, s'appelât-il Moïse, Grégoire VII, Descartes, Spinosa, Luther ou Hegel !

Pourvu que cette marche de l'humanité témoigne de la grandeur de Dieu, c'est tout ce qu'il faut ; car c'est là son but.

Dieu est grand dans l'histoire de Henri IV.

Mais il n'en est pas moins grand dans celle de Robespierre.

Les hommes croient difficilement à la bonté de Dieu.

Mais ils sont forcés de croire à sa justice !

IX

Pendant la révolution, il y a eu au delà du Rhin plusieurs hommes de lettres d'une haute portée.

Lessing et Mendelson, Klopstok, et surtout Schiller, ont créé une Allemagne qui n'existait pas avant eux. Mais de Goëthe date la décadence de l'homme de lettres en Europe. Goëthe le premier a mis l'homme à la place de Dieu. C'est lui qui est le créateur de l'art pour l'art, c'est-à-dire de l'homme de lettres pour l'homme de lettres. Dès lors, le but de l'écrivain n'est plus de travailler pour la gloire d'un idéal divin, mais pour se faire admirer, pour se créer un parti littéraire, pour s'enrichir, pour prendre sa part aux jouissances matérielles de la terre (1).

Dès lors l'homme de lettres, au lieu de planer sur la société, en devient l'artiste. Ce n'est plus un maître qui impose des vérités divines, flagellant les vices et glorifiant les vertus; mais l'historien plus ou moins amusant des travers de la société, travers qu'il autorise, qu'il légitime, qu'il embellit souvent par les charmes qu'il leur prête.

Le poëte n'est plus un juge divin, mais un

(1) Un professeur d'allemand, ancien copiste de Schiller, m'a raconté le fait suivant :

Schiller, qui s'était chargé d'arranger Faust pour la scène, rentra un jour et jetant le livre sur la table, s'écria dans un accès d'humeur : « J'ai beau tourner et retourner ce poëme, Faust après tout n'est qu'un faux philosophe qui, ayant oublié de vivre, se vend au diable à l'âge de quarante ans pour retrouver de la jeunesse, de la force et de la fortune.

» Il emploie la jeunesse à blasphémer;

» La force, à assassiner;

» Et la fortune, à séduire une honnête fille.

» Décidément, c'est un gaillard peu intéressant! »

simple témoin qui dépose pour la postérité et qui demande un riche salaire pour sa déposition.

Bientôt l'homme de lettres, au lieu de marcher dans les traces de la vérité, dont il révèle les conséquences nouvelles mais logiques, cherche des chemins de traverse, fussent-ils pleins d'abîmes, ou bien exhume d'anciennes erreurs oubliées, le tout pour attirer l'attention sur sa personne. Ce n'est plus un créateur, mais un acteur qui amuse le public, lequel aime mieux être amusé que réprimandé.

La littérature devient populaire, en ce sens que des millions d'exemplaires de ces riens artistiques pénètrent dans la masse dont on flatte les préjugés nationaux et les vices sociaux. Les littérateurs célèbrent mutuellement leurs succès, non selon la qualité de l'œuvre, mais selon la quantité des livres vendus ou des représentations suivies. On se croit grand, et l'on n'est que riche.

D'autres, moins scrupuleux encore, car la pente est rapide, fabriquent une littérature de lupanar et de bagne, dans laquelle les criminels et les femmes perdues trouvent une excuse de leur chute, souvent même des forces nouvelles pour leurs crimes futurs.

Sur cette corruption naît toujours le rire cadavérique, — car l'homme corrompu a toujours cet avantage sur la bête qu'il rit de sa chute; — il naît, dis-je, cet esprit qui n'en est pas, qu'on appelle *blague*, triste farfadet qui joue sur des marais pendant une nuit sans étoiles.

En même temps que Goëthe transforme la littérature et en fait un art matériel, oubliant la pensée divine, sculptant et peignant seulement les passions humaines, lord Byron, en Angleterre, lève l'étendard de la révolte et substitue son individualité à Dieu et à l'idéal de l'homme.

Tout son génie s'épuise dans une lutte stérile contre le christianisme le plus épuré, le plus philosophique.

Depuis lors l'Angleterre n'a plus eu d'hommes de lettres, car Walter Scott est un homme du passé, plutôt que de l'avenir.

En France, Châteaubriand arbore un instant le drapeau de l'idéal ; mais sa personnalité l'empêche de faire école.

C'est ici le cas de parler d'un vice qui a beaucoup contribué à la décadence de l'homme de lettres.

Ce vice a fait perdre au clergé du moyen âge son influence sur le peuple.

Non-seulement les lettres exercées dans un but de lucre restent stériles, mais l'homme de lettres même qui ne sait pas se passer de richesses, qui ne sait pas supporter dignement la pauvreté, compromet sa cause, si sainte qu'elle soit.

Certes, l'abeille vit de son miel, et pendant l'été elle en fait une provision pour l'hiver. Le prêtre doit vivre de son autel, et c'est pourquoi il serait à désirer que la propriété littéraire fût simplement déclarée une propriété, afin que l'homme de lettres pût vivre d'une seule pensée, d'une seule œuvre.

Mais la mission de l'homme de lettres, pas plus que celle du prêtre, ne consiste nullement à gagner beaucoup d'argent, fût ce dans le but de faire du bien. La mission de l'homme de lettres n'est pas de faire l'aumône, c'est là le devoir des riches, devoir qu'il leur rappellera toujours. Le juge suprême ne rend pas ses arrêts dans un but de charité.

Cette aumône n'est qu'un prétexte pour amasser des richesses pour jouir de tous les biens matériels, car les hommes de lettres et les prêtres pauvres font plus de bien que les prêtres et les hommes de lettres qui ont soif et besoin de richesses.

Mais dès que le peuple sait que l'écrivain ne travaille que pour de l'argent, qu'il lui en faut beaucoup, il n'a plus confiance dans ses principes, principes qui tôt ou tard fléchissent devant le besoin d'argent.

Quelle joie alors pour l'homme d'argent de faire sentir sa supériorité à son supérieur par le talent, de lui imposer même ses conditions. On ne paye pas un h mme pour s'entendre dire des vérités, mais des flatteries.

Il ne suffit pas pour un homme de lettres d'être indépendant par la fortune. Il faut encore qu'à la rigueur il puisse s'en passer. Ce n'est pas la fortune de Voltaire qui lui a donné son pouvoir, mais la certitude qu'il eût su, s'il l'eût fallu, être pauvre ; car la fortune est souvent un maître qui impose ses conditions à son possesseur, son esclave.

Tout véritable homme de lettres qui sent la gravité de sa mission doit faire vœu de frugalité et, s'il le faut, de pauvreté.

Pas plus que le prêtre, l'homme de lettres ne peut dire au peuple : Fais ce que je te dis, et non ce que je fais. Si d'ailleurs il a une mission à remplir, Dieu lui donnera les moyens de l'accomplir. L'homme, si fort qu'il soit, ne fait rien par lui-même. S'il n'a pas Dieu pour collaborateur, il écrit sur le sable, et prêche dans le désert. Il peut tout au plus faire scandale Quiconque cherche sa grandeur dans les jouissances de la terre, sera humilié. Celui-là seul qui sait s'humilier sera glorifié pour le bien de l'humanité.

X

La société, avec toutes ses ressources, ne peut créer un talent, le talent étant une création directe de Dieu.

C'est là le seul titre de noblesse que Dieu ait conféré à l'homme; véritable auréole divine que le Créateur détache de son être pour la faire briller sur le front de ses élus.

Tous les autres titres de noblesse sont des conventions sociales et humaines, nulles et non avenues devant la justice de Dieu.

C'est pourquoi le talent, même s'il déchoit, mérite le respect, car le diable même prouve la grandeur de Dieu.

Mais si la société ne peut créer un talent, elle

peut, hélas ! par ses institutions, contribuer à la chute du talent, en abaisser la grandeur et en amoindrir l'influence. Et comme la société, c'est-à-dire la majorité des humains n'aiment point qu'on les morigène, qu'on les rappelle à leurs devoirs, qu'on leur montre de près ou de loin la vengeance divine, ils ne demandent pas mieux que de nier ou de neutraliser le talent, afin de pouvoir échapper à ses étreintes.

Si les hommes étaient appelés par leurs suffrages à créer un homme de talent, c'est-à-dire à conférer les attributs et les honneurs dus au talent, ils opteraient pour la médiocrité la plus prononcée. S'ils osaient, ils donneraient plutôt leurs voix à un crétin.

C'est par envie et par orgueil que les hommes ont déifié et adoré des bêtes. Un homme seul n'adore point un bœuf ; mais des hommes réunis se mettraient à genoux p'utôt devant un crapaud, que de s'incliner devant la supériorité intellectuelle d'un de leur semblables.

C'est ce que Moïse (Exode, XXIII, v. 2) a caractérisé en disant : « Tu ne seras pas avec la masse pour le mal, et *tu ne pencheras pas pour l'opinion de la majorité.* »

Il est incontestable que le journal, créé pour la masse, et dans le but exclusif d'avoir des abonnés, a énormément contribué à la décadence de l'homme de lettres.

Un journal, n'importe la face sous laquelle on l'envisage, est un tribunal, et un tribunal suprême. Il faut plus de talent, plus de caractère, plus de vertu même pour être président d'un journal que pour être président d'une cour d'assises. Ce dernier n'est jamais appelé à prononcer dans une cause qui le concerne lui et ses intérêts, tandis que le premier est presque tous les jours juge dans sa propre cause ; souvent, après avoir plaidé, il rend lui-même des arrêts.

C'est donc un immense privilége que d'être le maître d'un journal, privilége qui ne devrait jamais, et sous aucun prétexte, devenir une spéculation d'argent.

Loin de moi la pensée d'attaquer la presse. Il ne peut êtr question ici ni de sa liberté, ni de son organisation. Constatons seulement que le mal n'est pas dans les hommes de lettres, mais dans la nature même du journal, qui des lettres fait une industrie.

Tous les hommes de lettres se réuniraient pour faire un grand journal paraissant tous les jours, cette feuille, tôt ou tard, contribuerait forcément à la décadence des lettres, à moins qu'elle ne se bornât exclusivement à la critique.

Un homme de lettres peut, au nom de ses principes, critiquer la société et ses œuvres. Il peut, à force de talent, imposer jusqu'à ses erreurs.

Mais qu'un journal, pour obtenir ou conserver un grand nombre d'abonnés, se voie forcé d'amuser ses lecteurs, soit en flattant leurs préjugés, soit en fabriquant de la littérature à leur portée, cette littérature, fût-elle d'or au commencement, deviendra bientôt du plomb.

Un homme de lettres peut, à la rigueur, relever un roman par des aperçus moraux, par des tableaux poétiques de l'idéal ; mais si fécond qu'il soit, il sera bientôt épuisé. Faute d'hommes de lettres, les journaux prendront des hommes de métier, des littérâtres. Ceux-ci une fois acceptés, adieu critique, talent et vérité.

Un marchand, après tout, ne peut pas lui-même décrier sa marchandise, et comme le concurrent est forcé de suivre la même voie, les journaux bientôt ne sont plus qu'une foire, espèce de *Temple* où chaque boutique offre sa spécialité de camelotte littéraire neuve et vieille.

Vue de près, il n'est pas une question, soit politique, soit littéraire, soit industrielle, qui ne touche par un bout au principe suprême de la philosophie et de la religion. Il sera donc toujours impossible de tracer une ligne de démarcation entre un journal politique et une feuille littéraire. Seulement, il est curieux de faire observer que depuis cinquante ans, tous les États ont inventé des lois pour soustraire le journal au talent de l'homme de lettres sérieux et consciencieux, afin de le livrer aux hommes de spéculation.

On dirait une malédiction divine, un déran-
gement général de l'esprit de conservation.

Il est des hommes qui croient qu'il suffise de
suprimer le chant des coqs à minuit et de le
remplacer par des poules, pour que le jour ne
paraisse pas à trois heures . .   .   .

De front avec le journal industriel va le
théâtre. Le théâtre est devenu une pure spéculation ; il s'inquiète peu de l'art, car l'art ne
peut ni l'enrichir ni faire vivre ses employés. Le
théâtre, tel qu'il s'est constitué, est une institu-
tion de corruption littéraire et sociale.

Il n'entre absolument pour rien dans la somme
du progrès universel. Les pièces de théâtre écri-
tes par des hommes de lettres sont toutes faites
pour être lues plutôt que pour être vues.

Les pièces grecques elles-mêmes ont été faites
pour être lues au peuple. Une pièce qui ne gagne
pas à être lue est mauvaise de prime abord. Dès
que l'acteur en fait l'unique mérite, ou ce mérite repose sur une immoralité, ou bien il meurt
et disparaît avec ce même artiste.

Les véritables grandes pièces dont la pensée restera toujours ne sont pas des pièces de représentation, pas plus à Paris qu'à Londres, pas plus à Turin qu'à Berlin.

Combien y a-t-il de pièces, depuis Racine, Corneille, Shakspeare et Schiller, qui resteront pour être lues, pour être jouées toujours?

Et quel avantage spirituel une nation tire-t-elle d'avoir vingt-quatre nouvelles pièces par mois, qu'elle va voir pour admirer la jambe d'un acteur ou la gorge d'une actrice?

Ah! dira-t-on, n'avons-nous pas le journal et son feuilleton théâtral qui nous signale les bonnes pièces et qui condamne les mauvaises?

Hélas! si les critiques de théâtre voulaient ou osaient dire la vérité pendant deux mois seulement, tous les théâtres de Paris, excepté ceux qui sont subventionnés, feraient banqueroute (1).

---

(1) Un journal allemand, frappé de la mauvaise influence du théâtre et de l'obséquiosité de la critique, vient de faire la proposition suivante:

1. Obliger chaque théâtre d'avoir une tribune de journalistes, comme les assemblées politiques, où le journaliste entre de droit.

La critique est presque toujours forcée de ne pas heurter de front un public mobile et nomade. Ce public, dans une ville comme Paris, est d'ordinaire composé d'un ramassis de parvenus, de femmes entretenues, de claqueurs et de blagueurs.

L'homme de lettres sérieux qui voudrait dire ce qu'il pense et de ce public et de ces pièces, ne signerait pas deux articles dans le même journal, dont les lecteurs forment une bonne partie de ce même public.

2. Obliger chaque journal — (qui?) d'avoir un censeur, non pour censurer la critique, mais pour la faire lui-même, lequel censeur doit être indépendant et du théâtre et du journal.

3. Ne tolérer aucun théâtre qui ne soit subventionné, soit par la ville, soit par l'État. Supprimer tous les théâtres de société.

4 Ne donner que des pièces imprimées de premier talent et de premier ordre, anciennes ou nouvelles, et fermer le théâtre dès qu'une de ces pièces manque

5. Engager les artistes à perpétuité, avec une pension de retraite payée par la ville ou l'État, mais avec des appointements modérés. Il est certain que c'est par la multiplicité inouïe des théâtres que les prétentions des artistes sont devenues inabordables. Il vaudrait mieux se passer de tout spectacle, c'est ainsi que finit cette feuille, que de continuer le système actuel, système qui aboutit forcément à la décadence complète de l'art,

Les théâtres tels qu'ils existent ont le plus contribué à la décadence des lettres.

Tôt ou tard une lutte à outrance s'établira entre les théâtres et les journaux industriels et un homme de lettres.

Et ce ne sont ni les journaux ni les théâtres qui vaincront.

XI

Quelle est la mission de l'homme de lettres?

Cette question a été posée bien des fois. Ah ! si le véritable homme de lettres connaissait sa mission, il serait le roi de la terre !

Dieu donne une part de génie à son élu, mais il ne lui donne jamais la connaissance de soi-même.

Si l'homme se connaissait, il serait Dieu, car il est immortel.

L'homme de lettres a toujours une mission, mais il ne la connaît que longtemps après sa mort, quand son âme, planant au-dessus de sa pensée, renaît dans celle de ses lecteurs.

Un tel croit parler et écrire pour des catholiques, et sa parole et ses écrits ne font que des protestants.

Tel autre se dit royaliste, et ses livres ne font que des républicains.

Un autre encore croit travailler pour la révolution, et ses lecteurs deviennent d'enragés réactionnaires.

Il n'y a pas eu trois hommes de lettres sur la terre connaissant leur mission pendant leur vie.

Il serait donc puéril de prescrire des règles à l'homme de lettres, qui ne relève que de Dieu, et qui est son instrument. On ne fait pas de loi à l'homme de génie, on la subit.

Reste à savoir quelle est la mission de nous autres hommes de lettres de second et de troisième rang.

Elle est si immense, qu'on ne saurait la définir. En tout cas, elle est au-dessus de nos forces et de nos moyens.

Essayons pourtant de l'indiquer.

XII

Si tous les Français étaient de bons catholiques dans l'acception la plus chrétienne du mot, pratiquant la charité avec la foi, la société n'aurait besoin ni d'hommes de lettres, ni de magistrats, ni de gendarmes. Quelques prêtres suffiraient.

Il n'y aurait ni crime ni vice. Il n'y aurait même pas d'esprit. Car l'esprit est un idéal qui *doit* être et qui devient critique quand il mesure, pèse et juge ce qui *est*. L'esprit ne mord pas sur la vertu.

Mais cela n'est pas. Il y aura, hélas! toujours un peu d'esprit.

Le Français, depuis plus de deux siècles, se trouve entre deux conseillers.

L'un, le prêtre, lui dit : Crois et ne raisonne pas.

L'autre, l'homme de lettres, lui dit : Raisonne avant de croire, ou plutôt ne crois pas.

S'il raisonnait bien, la raison pourrait quelque peu remplacer la foi.

Mais le Français, né malin, commence par ne pas croire et finit par raisonner mal.

Car dès qu'un peuple catholique ne croit plus, il rejette tout principe religieux et social. Un proverbe allemand dit qu'il verse l'enfant avec le bain.

Un paysan catholique qui, dans son enfance, n'a appris que le Dieu du catéchisme, devient athée et pillard dès qu'il perd la foi en ce même catéchisme

De là vient que depuis longtemps les pays catholiques seuls, la France, l'Espagne et l'Italie,
et en dernier lieu l'Autriche, sont la proie des
révolutions.

Car on a beau faire des livres et des sermons
pour retremper ces mêmes peuples dans leur antique foi, ce sont des désirs pieux que j'ai parta-
gés moi-même un instant, désirs qui ne sont que
des chimères politiques.

Les prophètes ont pu prédire des malheurs à
leur peuple qui avait quitté la foi, mais pour la
renouveler, ils ont annoncé un Messie.

Pour retremper une nation dans sa foi, il
faut absolument une forme nouvelle. Dieu ne
travaille pas dans le vieux. Il n'y a pas d'exemple
dans l'histoire qu'un article de foi *discuté* soit
redevenu un article de foi.

Brûlât-on tous les livres, tous les hommes de
lettres, il suffirait de la Bible seule, et à défaut
de la Bible, de l'Évangile et des Pères de l'Église.

Il faut donc qu'entre le passé et un avenir de
foi universelle renouvelée, l'homme de lettres

s'interpose sans cesse pour proclamer et vulga-
riser les principes de vérité éternelle et de justice
divine qui planent au-dessus de toutes les so-
ciétés humaines (1).

Point n'est besoin de menacer le peuple des
peines de l'autre monde. La justice de Dieu se
pratique sur cette terre même, et ne pardonne
qu'après une bonne et belle expiation.

Quiconque ici-bas manque à ses devoirs perd
irrévocablement ses droits. Si ce n'est pas lui, ce
seront ses enfants; car la justice divine, se mo-
quant de certains principes philosophiques,
s'exerce, comme dit la Bible, jusqu'à la qua-
trième génération.

Flatter les vices, les caprices, les préjugés
d'un peuple, c'est manquer au devoir. Tôt ou
tard il vous brisera comme une idole ou vous
chassera comme un laquais.

(1) Rien de plus triste que de voir les évêques se plaindre des
hommes de lettres catholiques. Qu'ont-ils donc fait depuis deux
siècles : sinon que de se laisser battre par des hommes de lettres !
Le pape de l'avenir sera un homme de lettres.

Que pas une ligne ne sorte de notre plume, où de près ou de loin ne reluise l'idéal.

L'homme courbé vers la terre a continuellement besoin d'être relevé. L'idéal est un instrument divin qui force l'esprit de se tenir droit et de regarder le ciel, son premier séjour. Sans cet instrument, la matière pesante entraîne l'homme vers la terre et le fait bientôt descendre au-dessous de la brute.

L'homme, comme roi de l'univers, vit de l'idéal. Lui seul marche debout; lui seul brave la mort; lui seul donc est immortel.

Montrer à l'homme la vie matérielle et l'embellir par l'art, c'est l'avilir, l'abrutir; car quelle que soit la jouissance matérielle, l'animal qui s'en repaît est plus heureux que l'homme. L'animal ne craint ni la douleur, ni la maladie qui suit le plaisir; il ne connaît pas la peine qui enfièle la joie, ni la mort qui brise la vie.

Que si le vice réussit dans le monde aux dépens de la vertu, à qui la faute, sinon à l'homme de lettres, ce juge de Dieu? Si, malgré toutes les jouissances matérielles, l'homme de lettres couvrait de honte et le vice et les vicieux, où serait leur bonheur? Le criminel exposé, riant même de son châtiment, est-il heureux? Le vicieux stigmatisé par vous serait-il heureux?

C'est à nous encore à glorifier la vertu !

Que jamais vice ne soit peint par nous sans qu'il soit flétri, au nom de la justice divine. Vous dites que nous n'avons pas ce pouvoir. Alors nous devons avoir manqué quelque part à nos devoirs, et c'est pourquoi nous avons perdu nos droits. Cherchons bien. Nous avons probablement sacrifié au veau d'or, nous avons immolé la vertu pauvre et honnête au vice riche et malhonnête. Qui sait? Nous avons peut-être même calomnié maint honnête homme au pouvoir. Expions, et taisons-nous! Après, laissons faire Dieu, qui trouvera ses hommes de lettres quand il lui en faudra.

De grands hommes de lettres n'ont pas dédaigné d'exercer un état en dehors des lettres pour le bien de leurs idées. Spinosa a monté des verres;

Mendelson a auné du calicot; Rousseau a copié de la musique.

Rien de plus vil qu'un homme de lettres qui vend son talent pour sustenter ses vices.

Nous n'existons pas pour amuser les gamins, les rentiers et les femmes entretenues. Nous ne sommes pas des jongleurs de mots. Notre voix ne doit se faire entendre que pour flageller les vices et glorifier les vertus. Ou nous sommes des juges, ou nous ne sommes que des saltimbanques littéraires qu'on paye pour faciliter la digestion.

Si les lettres, au lieu d'être un art, — et tout art est sacré, — sont un état, un métier, un échange de gaieté , de verve et de blague contre des bottes, des habits et des dîners, alors cessez de parler de gloire, de mission et d'honneur, prenez patente, ouvrez boutique, réservez-vous le droit de vendre votre fonds ; mais point d'observation déplaisante, point de critique, point de blâme, et surtout trêve de toute morale! On ne se laisse pas morigéner par son fournisseur,

et quand votre laquais vous fait une observation, vous le renvoyez. Aussi l'a-t-on renvoyé.

. . . .

XIII

Une société de gens de lettres ne peut exister
qu'en vertu d'une loi qui lui confère le droit de
coercition de faire entrer dans sa chambre tous
ceux qui professent les lettres, afin qu'elle puisse
faire un choix, et que son manteau d'hermine
blanche ne soit point couvert de guenilles hon-
teuses de ses indigents de lettres. Une société
d'hommes de lettres n'est point une société de
secours mutuels pour les estropiés de talent et
d'esprit, mais une espèce d'université, un corps
de magistrats qui doit veiller sur l'honneur du

corps, et qui, à la rigueur, doit pouvoir citer à sa barre ceux qui se sont rendus coupables du crime de lèse-lettres.

L'État gagnerait beaucoup si cette société, outre un tribunal d'honneur qu'elle pourrait nommer pour les litiges, querelles littéraires e personnelles, si cette société, dis-je, avait le droit de mettre sous censure un de ses membres, lorsque ce membre, après un avertissement ou deux, aurait prouvé qu'il était indigne de tenir la plume. Cette société devrait juger les crimes de lèse-majesté des lettres, et ses jugements devraient être insérés dans un Moniteur noir qu'elle publierait exclusivement dans ce but.

Elle ne doit couronner personne. Ce n'est pas à elle de juger des mérites littéraires de ses membres; mais elle doit pouvoir les flétrir en cas de violation du devoir et de l'honneur littéraires.

Il n'y a point à craindre qu'elle enchaîne l'homme de génie, ni qu'elle l'empêche de se faire jour. Quand Dieu donne du génie à un homme, il lui donne la vie et les moyens pour l'employer à son service.

Les institutions humaines ne sont faites ni en politique ni en littérature pour les hommes de génie, qui vont leur chemin propre, mais pour les hommes ordinaires.

Ces institutions mêmes sont faites par un homme de génie. Une réunion d'hommes ne crée rien de durable.

Un dernier mot.

Si bas que nous soyons, nous sommes encore au-dessus de la société. Qu'on fasse une enquête sur les vingt premiers hommes de lettres et sur les vingt premiers industriels, banquiers, etc., etc., etc., l'on verra que si nous avons, hélas ! les mêmes vices, nous avons du moins des vertus que nos contempteurs n'ont jamais entrevues dans leurs rêves les plus poétiques.

Quoique le soldat, le guerrier aille de pair avec le poëte, il ne peut être que son disciple, son élève, son glaive enfin.

Mais la guerre, bien que souvent moyen de civilisation, n'est pas le but de l'humanité. La paix reviendra. Et après, pour que les hommes ne s'engourdissent pas dans les vieilles formules et ne s'accroupissent pas dans la fange de la matière, il faudra encore à la société des hommes de lettres qui, par droit de naissance et par droit de conquête intellectuelle, lui disent comme anciennement les prophètes :

A genoux! voici vos maîtres et vos juges!!!...

FIN.

Paris. — Typ. de M⁰ᵉ Vᵉ Dondey-Dupré, rue Saint-Louis, 46.